Mein Leben ohne und mit Jesus

B. Schmidt

Da ich meinen Taufspruch nicht kenne – Hier meine Losung 1975:

Fürchte Dich nicht, denn ich bin mit Dir und will Dich segnen!
1.Mose 26, 24

Die Entscheidung für Jesus traf ich am

29.11.1974, 15:15:15 Uhr

Herstellung und Verlag:
BoD - Books on Demand, Norderstedt
ISBN 978-3-7347-3715-2

Inhaltsverzeichnis

	Vorwort	5
1	Gelitten unter…	7
2	Behütet	12
3	Saat und Ernte	15
4	Der Segen	17
5	Die Freiheit	19
6	Richtet nicht	22
7	Träume	25
8	Der innere Mensch	28
9	Sadismus	31
10	Do It Yourself – Mache es selbst	35
11	Die Gaben Gottes	37
12	Weltenbummler	42
13	Die Armee	47
14	Wunder der Gebetserhörung	52
15	Rückblick	55

Vorwort

Liebe Leser, – dies ist kein Lehrbuch oder etwas Ähnliches. Es ist ein persönliches **Zeugnis** des Erlebten, eine Art Pilgerreise in die ewige Heimat.
Es ist auch ein **Bericht** eines Mitarbeiter Gottes in seinem Reich.
Genauso aber ist es auch ein **Dank** für ein überaus gelungenes Leben – ein, mit irdischen und himmlischen Gaben, reich beschenktes Leben. Ein Leben, das sichtbaren und unsichtbaren **Segen** in den Kreisen um mich herum mit sich brachte.
Ich bin bei Weitem nicht perfekt. Dafür hat der **Herr** in seiner **Gnade** an mir sehr viel verändert, mich geheilt und befreit. Und nur so werde ich in seinem Bilde Ihm ähnlich.

Danken möchte ich auch den **Menschen**, die mir Gott zur Seite gestellt hat und die ich auch gebraucht habe, Menschen, die mit mir die 2. Meile gegangen sind. So ist aus mir das geworden, um normal zu funktionieren, so, wie der himmlische Vater es geplant hat.
Sonst wäre ich verbittert und depressiv geworden, im äußersten Falle, in der Gosse gelandet.
Das ist keineswegs übertrieben – schließlich habe ich in der christlichen Welt ähnliches beobachtet. Im schlimmsten Falle hätte ich alles über Bord geworfen.

Nun zu meinem Glück hatte **Einer** mich stets im Auge behalten.
Ihm gilt mein **Lob** und **Dank**!

Anmerkung:

– Jede Ähnlichkeit mit Aussagen bestimmter Bücher ist rein zufällig!

– Es kann sein, dass ich mich ab und zu wiederholt habe. Das musste zur Erklärung und Verdeutlichung mancher Aussagen sein.

– Ich weiß, dass nicht jeder mit meinen Aussagen einverstanden ist – aber Tatsache ist – das war mein Leben!

– Danken möchte ich auch noch zwei Lektorinnen, die sich durch meine Handschrift und Fehler durchgerungen haben.

1. Gelitten unter ...

Gott aber, von dem ihr so viel unverdiente Güte erfahrt, hat euch durch Jesus Christus zugesagt, dass er euch nach dieser kurzen Leidenszeit in seine ewige Herrlichkeit aufnimmt. Er wird euch ans Ziel bringen, euch Kraft und Stärke geben, so dass ihr fest und sicher steht. (1. Ptr. 5,10)

Da vor meiner Geburt schon 2 Buben gestorben waren, sollte ich auch ein Junge sein.

Nur, Gott hatte es anders geplant. So war ich im Mutterleib als Mädchen von meinen Eltern schon abgelehnt. Auch hatte meine Mutter Angst vor meinem Vater und konnte mich nicht in Schutz nehmen. Das alles habe ich damals natürlich nicht bewusst begriffen, aber dennoch hat es mich und meine Gefühle beeinflusst.
Mein Vater drillte mich so sehr, ich musste klug sein, lesen, schreiben und rechnen schon vor der Schule lernen und immer gegenüber meinen jüngeren Geschwistern nachgeben.
Einmal zwang er mich, seine Füße zu waschen, was ich als demütigend empfand, ein anderes Mal musste ich in der Ecke auf einem Sack Mais knien. Das war für mich schlimmer als geschlagen zu werden. Es brach mein Rückgrat – ich konnte mich nie wehren, wie jedes andere normale Lebewesen. Dann bin ich am liebsten hinausgegangen, habe mich in einer Ecke verkrochen wie ein verletzter Hund und bitterlich geweint. Selbst als ich schon 18 Jahre alt war, schlug er mich noch, hat seinen Frust und Unmut an mir ausgelassen. Am liebsten wäre ich fortgelaufen, aber wohin?
Oft habe ich damals an Selbstmord gedacht. Wenn ich Freunde hatte, war er eifersüchtig und verbot mir den Kontakt mit ihnen. Später ging ich auswärts zur Schule, genoss meine Freiheit, aber das Lernen ließ auch nach.

Mit dem Zug bin ich dann als Gastarbeiterin nach Norddeutschland gekommen. Hier faszinierten mich die Demokratie und die allgemeine Freiheit. Ich konnte tun und lassen, was ich wollte und musste niemandem Rechenschaft ablegen. Obwohl, uns in Ex-Jugoslawien ging es nicht so schlecht wie in den anderen Ostblockländern. Zuerst wollte ich nur kurze Zeit in der BRD bleiben, aber es reizte mich alles, was ich hier vorfand. Man konnte hingehen, wohin man wollte, kaufen,

was man wollte, wenn man das Geld dafür hatte.
Später zogen mein Ex-Freund und ich nach Süddeutschland ins Neckartal, wo schon meine Eltern und jüngeren Geschwister lebten. Die erste Zeit hatte ich großes Heimweh, aber die Menschen hier waren freundlich, und so wollte ich bleiben.

Nach 3 Ehejahren ging alles in die Brüche, ich wurde verlassen! In meiner Not ging ich oft am Friedhof vorbei, lehnte mich an das Kreuz guckte hoch und sagte: „Kannst Du mir auch nicht helfen?" In diesem Moment überkam mich ein derartiger Friede, wie er nie vorher oder später da war. Ich wurde ruhig, zufrieden und froh.

Einige Tage später lud mich meine Arbeitskollegin zu einer Evangelisation ein, und ich erlebte den, der am Kreuz hing und mir begegnete. Und das war das Beste in meinem Leben. Von einer Ehe hätte ich höchstens 50 Jahre etwas gehabt, aber vom Glauben eine Ewigkeit. Ich gönne es trotzdem allen, die es aushalten, wenn es auch nicht rosig ist. So fing mein Pilgerlauf durch diese Welt an – hin zu demjenigen, dem Ewigen!

Nach etwa 20 Jahren Christsein kam eine Stagnation. Ich wurde traurig, bitter und neigte zu depressiven Stimmungen. Es war mir nicht genug, was mir die Christen in meinem Umfeld im Glauben vorgelebt haben. Irgendwie dachte ich, wenn Gott alles geschaffen hat, dann muss es bei ihm mehr geben – ER hat die Fülle.
Dann bekam ich eine Einladung zu einem Seelsorgeseminar, das genau in meinen Urlaub fiel, und ich ging hin. Es faszinierte mich, dass sich beim Lobpreis jeder benehmen konnte, wie es ihm zumute war und keiner sich entsetzte. Ich war zuerst ziemlich kritisch bei allem, aber ich bekam das Beste: die Fülle im Heiligen Geist. Hier fand ich auch meine Seelsorgerin, die mich als letzten „Klienten" in „Kur" nahm.

Inzwischen kam in den Ort, in dem ich wohnte, eine Deutsch-Amerikanerin, die mich im Glauben weiterführen sollte. Ich war die Erste, mit der sie geistlichen Kontakt hatte, und sie wollte mir das Amerikanische überstülpen. Das war eine totale Überforderung für mich, ein großer Druck, den ich nicht einmal ein halbes Jahr aushalten konnte. Es war religiöser Missbrauch! Ich hätte mit allen anderen den geistlichen Kontakt abbrechen sollen, diesen nur mit ihr haben sollen und alles mit ihr zusammen machen, den Glauben leben und

praktizieren. Alles, was sie bei mir nicht tat, tat sie später bei anderen. Ich war wie noch nie in meinem Leben verärgert und verletzt. Darunter litt ich 2 Jahre lang so sehr, dass auf meiner Brust immer ein Druck vorhanden war, und das Tag und Nacht. Das Schlimmste war, dass ich zu dieser Zeit arbeitslos war und kaum Ablenkung hatte. Das wusste aber niemand, außer meiner Gebetspartnerin (mittlerweile habe ich sie schon über 30 Jahre).
Sie rief mich oft an, betete mit mir am Telefon, aber nur der Gang zu meiner Seelsorgerin beendete es.

Interessant war, dass auch während der Zeit, in der ich litt, immer ein frohes Lied in meinem Herzen sang: „Lobsinget unserem Gott, lobsinget". So ein Paradox oder ein Trost von Gott? Geistliche Wunden sitzen tiefer und heilen langsamer als natürliche. Das Eigenartige dabei war, dass die Deutsch-Amerikanerin nicht einmal etwas davon wusste, sie dachte ich sei neidisch, eifersüchtig, o.ä.

Natürlich habe ich das mittlerweile in Ordnung gebracht, ihr geschrieben, mich entschuldigt, ihr vergeben, wie auch allen anderen, die an mir schuldig geworden sind. Jetzt bin ich frei und trage niemandem mehr etwas nach.

Die ersten Monate meiner Arbeitslosigkeit habe ich genossen, aber dann konnte ich das nicht mehr. Auch habe ich darunter gelitten, dass ich in der Gegend, in der ich wohnte, keine Arbeit fand, sondern erst 50 km weit entfernt. So musste ich sehr früh aufstehen, zum Zug gehen, um 6.00 Uhr mit dem Arbeiten anzufangen. Es war schon schwer, aber es ging – Hauptsache Arbeit!

Gelitten habe ich auch darunter, dass meine Verwandten von der „Frohen Botschaft" nichts wissen wollten. Bei mir habe ich eine totale Veränderung erlebt, aber sie ließ es kalt. Später nahmen einige von ihnen Jesus doch an, doch schon kurze Zeit später verließen sie den Weg der Nachfolge; egal aus welchen Gründen, sie warfen alles über Bord.

Die ersten 20 Jahre meines Christseins stand ich unter konventioneller und traditioneller Prägung. Hier litt ich sehr unter einigen von den Vorfahren vererbten Lastern. Konkret erfuhr ich erst jetzt, was es war. Gott offenbarte mir, was alles noch in dem Ort, in dem ich geboren wurde, lief. All das musste ich die ganze Zeit unterdrücken, verstecken und geheim halten, und das ist sehr anstrengend. Es ist genauso, wie wenn man einen Ball ständig unter Wasser halten möchte, man muss ihn ständig herunter drücken, dass er nicht heraus springt.

Mit 60 Jahren musste ich dann in Rente gehen, weil mir gekündigt wurde. Dabei musste ich viele Abzüge in Kauf nehmen. Die erste Zeit ging es noch ganz gut, aber später dann doch schlechter.
Im Haus meines Bruders, in dem ich wohne, wurde die Straße angehoben, und so musste auch der ganze Hof mit angehoben werden. Ich half ihm dabei, und so ging die Zeit vorbei. Auch liefen noch einige Haus- und Gebetskreise, und das war gut so. Später gingen sie ein, aber Gott sorgte für neue, und ich habe wieder mehr Termine. Leider muss ich mittlerweile auch öfter zum Arzt, was wohl altersbedingt normal ist, und dadurch geht auch Zeit vorbei.

<u>WENN AUCH MEIN WEG</u>

1. Wenn auch mein Weg hier ist einsam
   Wenn tief sich Schatten bahnt
   Weiß ich doch wo es auch hinführt
   Mein Vater hat's geplant.

<u>Refrain</u>

   Ich singe durch Dunkel und Sonne
   Vertrauend, weil er es geplant.
   Ich singe, wie sollt ich auch schweigen
   Mein Vater hat's geplant.

2. Morgen mag Sonne mir scheinen
   Schatten verziehen sich.
   Alles Gedanken des Einen
   Des Vaters Plan für mich.

3. Er lenkt mein strauchelndes Gehen
   Auf jedem schweren Pfad.
   Er weiß so gut, dass mein Wandern
   Einst führt zum ewgen Tag.

4. Ewige, strahlende Freude,
   Wo sich kein Schatten bahnt.
   Dies wird am Ziel mich erwarten.
   Mein Vater hat's geplant.

Verfasser unbekannt

2. Behütet
In wie viel Not hat nicht der gnädige Gott über mir Flügel bereitet

Da ich noch im Krieg geboren wurde, gab es überall und an allem Mangel. So erkrankte ich mit 3 Jahren im Winter an einer schweren Lungenentzündung. Mein Vater musste bei Schneesturm 9 km bis zur nächsten Apotheke laufen, um Medizin zu holen – Penicillin. Gut, dass es das gab, sonst wäre ich wie meine Tante, nach der ich genannt wurde, gestorben. Auch später hatte ich einen Schatten auf der Lunge, der sich aber verkapselt hat, und so blieb ich am **Leben**.

Einige Jahre später fuhr mein Vater mit mir auf dem Fahrrad entlang eines Abgrundes, ganz nahe am Rand, es passierte nichts, und wir blieben beide **heil**.

Wir zogen viel um, und unser Weg in die Schule führte über die Eisenbahnschienen. Ich ging, ganz in Gedanken versunken, und bemerkte den herannahenden Zug erst, als er schnell an mir vorbei fuhr; auch hier blieb ich am **Leben**.

Einmal fuhr ich in den Ferien zu Bekannten in einen anderen Ort. Ich ging mit ihren Kindern baden. Da wir nicht schwimmen konnten, trug uns der Fluss fort. Aber ein junger Mann sprang uns nach und zog uns heraus. Ich weiß noch wie heute, als ich ins Wasser sank, schwamm ein Strohhalm über mir vorbei, und ich griff nach ihm. Selbst als ich schon auf das trockene Land gezogen war, hielt ich den jungen Mann noch fest. Wieder hatte Gott mich **gerettet**.

Als ich dann zum Glauben kam und ich beim Beten in meiner Wohnung war, ergriff der Feind meinen Nacken wie mit einer eisernen Faust. Ich wollte erst „Jesus" schreien, konnte aber nicht, doch nach einigen Versuchen gelang es mir, und die Hand ließ mich los.

Viele Jahre später ging ich zur Beerdigung einer Bekannten. Mein Auto stellte ich auf dem Parkplatz ab. Auf dem Rückweg zum Auto fiel ich wie aus heiterem Himmel hin und brach mir den Ellenbogen; ohne gestolpert, umgeknickt oder schwindelig geworden zu sein. Alles ging so schnell, dass ich nicht einmal denken konnte.

Beim Ausleihen eines Buches (das Beste, was ich bisher gelesen habe) schmiss mich der Feind wieder mit dem Rücken gegen die Wand. Ich sackte einfach herunter und konnte nicht einmal einen Gedanken fassen. Das war wieder ein direkter Angriff des Bösewichtes, aber Lob und Dank – Gott machte es wieder gut.

Als ich etwa 20 Jahre alt war, wäre ich beinahe von einem erwachsenen Mann vergewaltigt worden. Bis dahin wollte ich nicht glauben, dass 1 Mann eine Frau vergewaltigen kann, man kann sich ja wehren. Jedoch ist man der Kraft des Mannes nicht gewachsen. Danach habe ich meine Meinung schnell geändert, wie noch öfter später im Leben, weil man selbst doch andere Erfahrungen gemacht hat.

Das waren nur einige wenige Berichte, die ich noch weiß, doch es gibt bestimmt viel mehr, die ich nicht weiß!? Ich vertraue Gott zu 100%, dass er mich behütet, besser als ich es könnte.

Bei uns auf dem Balkan ist es immer noch üblich, sein Schicksal aus dem Kaffeesatz zu lesen, Bohnen zu legen oder aus der Hand zu lesen. Es ist erstaunlich und interessant zugleich, wenn jemand das bei mir versuchen wollte, konnte er es nicht, aber als ich das tat, ging es. Schon wieder war Gottes Hand über mir, als die Anderen mich missbrauchen wollten. Bei mir tat Gott es nicht, ER ließ mir meinen freien Willen.

Dies ist auch ein Beweis hierfür, dass der Vater im Himmel schon im Mutterleib seine schützende Hand über mich gehalten hat, weil er mich schon vor Grundlegung der Welt auserwählt hat (Eph.1, 4). Hoffentlich erfülle ich seine Erwartungen, Pläne, vollende sein Werk mit IHM zusammen.

Wenn ich nichts getan hätte, wäre es mit mir bergab gegangen.

Ich las viel in der Bibel und andere Bücher. Jedes Jahr las ich die Bibel 1mal durch, alle 7 Jahre in einer anderen Sprache: kroatisch, deutsch, spanisch. Dabei reiste ich viel und war in vielen Ländern der Welt, machte Studienfahrten und Freizeiten.

Ich lernte sogar bei meinem Auto einen Ölwechsel vorzunehmen, Reifen zu wechseln, Polieren, Lampen reparieren,...

Beim Auto ist es genauso wie bei einem Menschen; mit vollem Tank fährt man schneller und länger und kommt weiter.

Das Leben im Glauben ist wie eine Schule, die man besucht, man geht von Klasse zu Klasse. Ich wollte nicht in den Kinderschuhen stecken bleiben, wie die meisten Christen. Sie sagen: „Ach, wenn Gott es will, dann..." Sie wollen nicht ihren Teil der Verantwortung übernehmen, sondern schieben alles auf Gott. Das ist dann ihre Entschuldigung, wenn es mit einem nichts wird. Natürlich gibt es Ausnahmen!

Gott will immer, aber der Mensch muss auch etwas tun!

Dabei war ich immer gezwungen, alles allein zu machen, keine Rücksicht auf andere zu nehmen, was auch seine guten Seiten hatte.

An meinem 32. Geburtstag las ich den entsprechenden Psalm

Wohl dem, dem die Übertretungen vergeben sind,

dem die Sünde bedeckt ist.

Wohl dem Menschen, dem der Herr

Die Missetat nicht zurechnet

In dessen Geist kein Falsch ist.

Psalm 32, 1+2

3 Saat und Ernte
Was man sät, wird man auch Ernten

Wer andere ungerecht behandelt, stürzt sich selbst ins Unglück; mit der Unterdrückung seiner Mitmenschen ist es dann vorbei!
(Sprüche 22,8 und Galater 6,7)

Das ist ein Naturgesetz und nicht nur ein Spruch. Ein **Gesetz**, das auch in der geistlichen Welt funktioniert, d.h. dass die Ernte immer größer ist als die Saat.
Biblisch ausgedrückt, vielfach, bis zum 100-fachen, sei es im positiven oder im negativen Sinne. Diese Erfahrung machen die Bauern immer wieder.
Gott legte mir die Gabe des **Gebets** und der **Fürbitte** ans Herz – ohne Zwang.
Diese Aufgabe nahm ich freiwillig an. Ich begriff, wie wichtig es für uns Menschen ist, **Gottes Willen** zu tun, – denn was Er tut, ist absolut gut.

So kann ich immer wieder beobachten, wie Gott durch aufrichtige Gebete in der ganzen Welt große **Wunder** tut. Auch wenn ich nicht alle Wunder erfahre, Er hält sein Wort immer. Darauf vertraue ich grenzenlos.

Wenn es aber um mich geht, stelle ich fest, dass sich Gott mir gegenüber zurückhaltend verhält. Ich bekomme den Eindruck, als ob in meinen Angelegenheiten fast gar nichts geschieht. So fange ich an zu hadern, ich fühle mich von Ihm sogar ungerecht behandelt.
Wer aber kennt und erforscht unser Herz besser als Er?
Das beruhigt mich, – schließlich weiß Er genau, was Er tut. Dabei muss ich an David denken. Seine **Psalmen** verdeutlichen, durch welche harten Prüfungen er von Gott geführt und zum Schluss, durch seine **Umkehr** und **Buße** doch von Gott angenommen wurde. Er wird sogar ein Mann nach dem Herzen Gottes genannt. Das ist für mich ein sehr gutes Beispiel.
Wann hat dieses Gesetz keine Gültigkeit? Bei der **Vergebung**!
Mit anderen Worten, man erntet nicht das Böse, wenn man es gesät hat, sondern das Gute, wenn man sich entschuldigt hat. Am **Kreuz** findet tatsächlich eine totale, restlose Entsorgung statt, eine komplette, risikofreie Bereinigung, sogar über den Tod hinaus – und – für alle Ewigkeit.
Dabei hilft es, mit den Seelsorgern und Glaubensgeschwistern darüber

zu reden, miteinander zu beten und die Vergebung zu gewähren. Erst dann ist man <u>frei</u>, weil vor Gott die Schuld nicht verjährt. Bei Ihm ist immer **Gegenwart**.
Das behaupte ich nicht, weil ich es irgendwo gehört habe, sondern weil ich es durch das regelmäßige Anwenden selbst erfahren habe.

Um meinen Glauben zu stärken, las ich viele gute Bücher. Sie lehrten mich, wie ich mit Gottlosen und Respektlosen, die über den Schöpfer und sein Bodenpersonal lästern, umgehen soll. Solche Attacken argumentiere ich mit triftigen Fakten an die <u>Wand</u>. Das bereitet mir großem Genuss und Freude. So hört mit Kapitulation auf der einen, und meinem Triumph auf der anderen Seite, jede Diskussion auf.
Und der **Sieg** gehört doch unserem **Gott**!

<u>Mein Verlobungsring mit dem Herrn:</u>

Ich will mich mit dir verloben in Ewigkeit,
ich will mich mit dir vertrauen in Gerechtigkeit
und Gericht in Gnade und Barmherzigkeit.
Ja, im Glauben will ich mich mit dir verloben
und du wirst den Herren erkennen.
Hosea 2, 21+22

Mein Leben hat nur einen Sinn
Ich weiß woher, aber auch wohin.
    Im Visier erpirscht das Ziel
    Hingesteuert durch die Gnade viel.

ER hat sich alles ausgedacht
Als ER ausrief: ES IST VOLLBRACHT!
    Niemals mehr zurück
    Auch nicht einen Augenblick.

ER sorgt dafür, dass ich es schaffe
Sonst könnte ich alleine nichts machen.
    JESUS steht mir ständig bei
    Dass ich nicht versage, o Wei!

4 DER SEGEN
Der Segen des HERRN macht reich ohne Mühe – in Jesus haben wir die Fülle

Reich wird nur der, dem Gott Gelingen schenkt; eigene Mühe allein hilft nicht weiter! (Sprüche 10,22)

Ich bin der gute Hirte. Ein guter Hirte setzt sein Leben für die Schafe ein. (Johannes 10,11)

Ich bin nach dem Krieg in Armut aufgewachsen und konnte genauso wenig mit dem Geld umgehen, wie hier in der BRD. Es bewahrheitet sich immer wieder:
was man in der Jugend nicht geübt hat, zeichnet sich später im Leben ab. Man wendet nur Dinge an, die einem vertraut sind.

Mit diesen Voraussetzungen kam ich als junger Mensch nach Deutschland. Da fand ich Arbeit und eine andere Art von Freiheit. Nun stellte ich bald fest, dass mich diese finanzielle Unabhängigkeit völlig überforderte – schon gegen Mitte des Monats ging mir das Geld aus.

Mit seiner unbegrenzten Gnade stellte mir **Gott** gute Freunde zur Seite, die mir halfen, das Versäumte und Verpasste nachzuholen. Es waren solche Freunde, die mit mir fast über 40 Jahre durch Dick und Dünn gegangen sind.

Nicht nur das Gelernte spielt im Leben eine Rolle, sondern auch das Geerbte.
Es sind die **Tugenden** und **Untugenden** unserer Vorfahren. Zum Glück ist man diesen vererbten Lasten nicht völlig und schutzlos ausgeliefert.
Es ist viel schwerer, sich vom tief Verwurzelten im DNA-Strang zu befreien, als von Belastungen von außen.

Durch kompetente Seelsorge offenbarte mir der **Heilige Geist** gezielt und konkret, worum es bei mir ging. Danach tat ich Buße und bat um Vergebung. Ihm so anbefohlen, erfuhr ich seine **Gnade**, **Gerechtigkeit** und **Fülle**.

Ich bin diejenige in meiner Verwandtschaft, die die kleinste Rente bezieht. Deswegen jammere ich nicht – im Gegenteil, es gelingt mir – mit kleineren Beträgen – den anderen mit Ausleihen zu helfen. Ja, es ging nicht um große Summen, aber auch das können manche Leute einfach nicht fassen.

Darauf habe ich eine ganz einfache Erklärung:

„Mein **Vater im Himmel** ist ein Multimilliardär, der für mich sorgt. So kann ich mir ein Telefon, Fernseher, Auto und andere Dinge leisten. Bei vielen anderen geht das leider nicht. Ich wohne in einer WG mit drei Männern zusammen; das sind mein **Vater**, mein **Freund** und der **Bräutigam** in einer Person. Diese <u>Gemeinschaft</u> genieße ich und leide nicht unter Einsamkeit, wie es die anderen womöglich denken.

Es war aber nicht immer so. Am Anfang habe ich sehr darunter gelitten. Einem geselligen Südländer fällt die Isolierung besonders schwer. Nur kann man sich mit der Zeit auch daran gewöhnen.

Keiner wird zuschanden,
welcher Gottes harrt.
Sollt' ich sein der Erste,
der zuschanden ward?
Nein, das ist unmöglich,
Du getreuer Hort.
Eher fällt der Himmel
eh' mich täuscht Dein Wort.

Gustav Knak

5 DIE FREIHEIT
Wen der Sohn Gottes frei macht, ist recht frei. Die Wahrheit macht frei.

Ihr werdet die Wahrheit erkennen, und die Wahrheit wird euch befreien!
(Johannes 8, 32)

Wenn euch also der Sohn Gottes befreit, dann seid ihr wirklich frei.
(Johannes 8, 36)

Neulich versuchte ich, jemandem zu erklären, was es bedeutet:
„Die Wahrheit wird euch frei machen."

Nach dem bürgerlichen Gesetz wird man für ein Verbrechen vom Gericht bestraft, wobei viele mildernde Umstände und Reue berücksichtigt werden. Für die Übertretungen und verbalen Verletzungen in den zwischenmenschlichen Beziehungen geht der Betreffende mit seinem Verhalten oft auf *Distanz*. Die aufrichtige Entschuldigung wird ignoriert und der Verletzte straft auf eine andere Art.
Da fällt mir ein Gedanke ein:
„Zwischen den Menschen entstehen Distanzen – Brücken aber auch."

Unser Gott ist der Einzige, bei dem wir totale und restlose **Vergebung** und kein **Nachtragen** erfahren. Er verhält sich so, als ob nie etwas gewesen wäre.

So wie viele Teenager lernte auch ich Alkohol, Nikotin und ähnliches kennen. Am Anfang schmeckten diese Drogen nicht, aber mit der Zeit wurde ich von ihnen abhängig. Durch günstige Umstände – ich ging auswärts zur Schule, – konnte ich meine Sucht relativ gut verstecken. Nach ca. 13 Jahren rauchte ich täglich bis zu zwei Schachteln Zigaretten. Damit war ich gefangen.
In der Zeit meiner Ehescheidung (nach 3 Ehejahren – offiziell und inoffiziell –) hörte ich zum ersten Mal in der deutschen Sprache bei einer Evangelisation der bekennenden Kirche die **frohe Botschaft**. Durch verständliches Übermitteln konnte ich persönlich die Worte für mich in Anspruch nehmen. Auf meine Fragen bekam ich Antworten wie nie zuvor. Ich wurde richtig davon gepackt.
Meine kurze Ehe war eine Verschmelzung zweier Kulturen – der germanischen und slawischen. Zahlreiche andere Ehen gelingen – in

meinem Falle war sie aber unweigerlich zum Scheitern verurteilt.
Mit zunehmenden Begegnungen in kirchlichen Kreisen, wo ich immer mehr Gottes Wort höte, spürte ich, wie das Nikotin an Bedeutung abnahm. Mein Wille, mit dem Rauchen aufzuhören war zwar da, wirkte aber nicht, bis der **Herr** eingriff. Das geschieht von Seiner Seite gewaltlos und sanft, weil Er unsere Zustimmung braucht.
Unter dem Schutz des oben genannten Verses und im Gebet mit meiner Freundin, wurde ich endlich **frei**!
Die Hände, die ich bisher jahrelang aus Gewohnheit zum Rauchen brauchte, suchten nun einen Ersatz, eine andere Beschäftigung. Da eine Angewohnheit dieser Art von außen kommt, ist sie leichter zu bewältigen als die geerbten Eigenschaften.

Ursprünglich hätte ich nicht nur zwei, sondern vier Brüder gehabt. Die zwei vor mir starben und danach kam „nur" ein Mädchen zur Welt – ich!

Welche Enttäuschung für meinen Vater!

Der große Frust meines Vaters, den er an mir ausließ, brach mein Selbstbewusstsein, meine Identität und Stabilität, - mit einem Wort, mein **Rückgrat** wurde dadurch gebrochen.

Das bewirkte, dass ich nie gelernte hatte, mich zu wehren oder zu behaupten. Die ersehnte **Anerkennung** und **Geborgenheit**, die ich in der Familie nicht bekam, suchte ich bei den anderen, - außerhalb der Familie. Nicht einmal bei meiner Mutter fand ich Schutz und Unterstützung. Für mich war das die allergrößte **Enttäuschung**, die mich jahrelang im Leben begleitete.

Nur **Gott** gelingt es, einem solchen Menschen – allem zum Trotz – sein verlorenes **Urvertrauen** wieder zurückzugeben. Durch regelmäßige und jahrelange **Seelsorge** gelang es mir, dieses Unrecht an mir meinen Eltern zu vergeben. So konnten sie in **Frieden** sterben und ich erst danach **friedlich** leben.

Das war absolut eine notwendige und unvermeidliche Bereinigung, ein Schnitt und ein völlig neuer Anfang.
Die Nachwirkungen waren deutlich zu spüren. Das mir Anvertraute gab mir ein Gefühl gebraucht zu werden, was mir wiederum eine

unbeschreiblich große Freude bereitete. Nichts wurde mir zu viel oder zu schwer den anderen zu helfen.
Minderwertigkeitskomplexe verschwanden dadurch immer mehr und ich fühlte mcih wie jemand, der richtig war- und ernstgenommen wurde.

Ja, kaum zu glauben, ich war wertvoll. Auf diese Wiese, vor allem durch innere und äußere **Heilung**, bekam ich die **Wiederherstellung** der geraubten Vorzüge, – Vorzüge, die **Jesus** für mich geplant hatte, weil **Er** mich liebt.
„Denn Gott liebt uns nicht, weil wir so wertvoll sind, wir sind so wertvoll, weil er uns liebt."

So wuchs mein Selbstbewusstsein und ich weiß endlich, **wer** ich bin. Ich habe den Weg zu mir gefunden. Ich weiß, dass ich ein Kind des **Allerhöchsten** bin. Dieser **Vater** ist der **Schöpfer** aller Dinge und ein **Herrscher** über alle **Zeit**. Nur **Er** hält alles in seiner **Hand** und **ändert** sich niemals.

*Herr, Dein Wort, die edle Gabe,
diesen Schatz erhalte mir,
denn ich zieh' es aller Habe
und dem größten Reichtum für.
Wenn Dein Wort nicht mehr soll gelten,
worauf soll der Glaube ruh'n.
Mir ist nicht um tausend Welten,
aber um Dein Wort zu tun.*

Nikolaus Ludwig von Zinzendorf

6 Richtet nicht
Die Rache ist mein – Richtet nicht

Und schon bald werde ich euch rächen. Ich werde ihnen alles vergelten. Es dauert nicht mehr lange, dann bringe ich sie ins Wanken und lasse sie ins Unglück stürzen. Ihr Schicksal ist bereits besiegelt. (5. Mose 32,35)

Richtet nicht über andere, dann werdet ihr auch nicht gerichtet werden! Verurteilt keinen Menschen, dann werdet auch ihr nicht verurteilt! Wenn ihr bereit seid, anderen zu vergeben, dann wird auch euch vergeben werden. (Lukas 6,37)

RACHEN = Schlund, Abgrund

GERICHT = Essen

GERÜCHT = abgeleitet, ist negativ

RICHTEN = gerade legen, richtig stellen

aufrichten, urteilen, be- und verurteilen

RACHE = Befriedigung, Genugtuung, zufrieden stellen,

Schadenfreude

In beiden Fällen ist Rache üben keine Verteidigung, eher ein Angriff. Nur **sich selbst** zu verteidigen, darauf hat jedes Lebewesen ein Recht, sei es eine Pflanze, ein Tier oder ein Mensch.

Wenn wir über andere ein Urteil sprechen, üben wir Rache mit Zinsen. Das heißt nicht, dass man die Wahrheit nicht herausstellen soll, aber wir sollen die anderen nicht anklagen. Das ist auf jeden Fall besser für uns.

Bei uns Menschen geschieht das häufig, jedoch nicht öffentlich, sondern in kleinen Gruppen, meistens sind Frauen daran mehr beteiligt als Männer. Durch das Richten wird eine andere Person abgestempelt, und so wirkt sie dann auch auf andere.

Wir alle sind dabei unmündig, keine Experten oder Fachleute und haben kein Recht Gutachter zu sein, weil unsere Sicht begrenzt ist. Wir sollen nicht **reagieren**, vielmehr **agieren**. Wenn man aber durch Worte verletzt worden ist ist es schwer, es Gott zu überlassen, dass ER eingreift.

Selbst eine Ausrede ist eine Flucht vor Schuld, ist eine Verteidigung, die automatisch geschieht, ohne viel nachzudenken.

Aber durch das Wort Gottes und den Heiligen Geist können wir anders handeln, und das sollten wir einüben. Auch dies im Glauben zu tun, ist ein Lernprozess; ähnlich dem in der Schule, man wird versetzt oder bleibt sitzen, das bestimmt Gott allein. Demnach kommt man weiter, wenn man mit Gott übereinstimmt.

Bei mir war es oft so, dass, als ich mich beschweren wollte, aufgrund der Fakten, die vorlagen, es **nie** klappte. Fast immer stand ich als Dumme da und musste mich sogar entschuldigen.

Einmal war es sogar so, dass ich, als ich wütend war, auf dem Weg einen Unfall baute. Obwohl ich oft enttäuscht war, ging mein Vertrauen nie verloren. Immer noch bin ich so naiv, gutgläubig und offen.

Aber, schon immer hält Gott seine schützende Hand über mich. Wenn das nicht so wäre, wäre ich schon längst umgekommen. Das weiß ich allein schon auf Grund der Situationen, die mir bewusst sind und an die ich mich erinnere, wie viel mehr gibt

gibt es, von denen ich nichts weiß.

Selbst da, wo ich betrogen und über das Ohr gehauen wurde, bügelte es Gott durch andere Menschen wieder aus, so dass ich keinen Schaden nahm.

Meine Mutter war eine ruhige Frau, still, zurückgezogen. Sie stritt mit niemandem, sie war einfach eine DIPLOMATIN. Diese Eigenschaften habe auch ich geerbt, und das ist gut so. Ich ziehe trotzdem nicht den Kürzeren.

Da ich schon über 40 Jahre durch halb Europa, Österreich und die Schweiz kreuz und quer mit dem Auto gefahren bin, und das bei jedem Wetter und Unwetter, und so hoffe ich, dadurch gelernt zu haben.

Das will aber nicht heißen, dass ich keine Fehler mache. Aber wenn Leute zu mir ins Auto steigen, die voller Angst und Zweifel sind und das

Negative förmlich erwarten, weil sie kein Vertrauen haben, – wie die Saat, so die Ernte –, dann mache ich auch Fehler, sonst nicht. Oder hätte ich demjenigen anbieten sollen, eine Lebens-versicherung abzuschließen?

Gott ist derjenige, der die ganze Welt geschaffen hat, der Richtschnur, Regeln und Gesetze aufgestellt hat, er allein hat das Recht – Richter zu sein. ER hat sich sogar von uns Laien verurteilen und hinrichten lassen, und so wurde sein Plan für die Rettung der ganzen Welt vollbracht. Preis IHM allein!

<u>GOTT SITZT AM WEBSTUHL...</u>

1. Gott sitzt am Webstuhl meines Lebens und seine Hand die Fäden hält.
   Er schafft und wirket nicht vergebens, wenn ihm ein Muster wohlgefällt.
   Mir will es manchmal seltsam dünken, wie Er die Fäden so verwirrt, doch niemals seine Arme sinken, wenn Er das Weberschifflein führt.

2. Manch rauhe Fäden lässt Er gleiten durch seine liebe Vaterhand.
   Er weiß aus allem zu bereiten für mich des Himmels Lichtgewand.
   Auch dunkle Fäden eingebunden flicht er in das Gewebe ein.
   Das sind des Lebens trübe Stunden, dann schweige ich. – und harre sein.

3. Und stille ich am Webstuhl stehe, wenn Er auch dunkle Fäden spinnt, den **goldnen** Faden ich nur sehe und freu' mich dessen wie ein Kind.
   Denn ob es helle oder trübe, aus allem glänzet hoch hervor
   Der goldne Faden seiner Liebe die mich zu seinem Kind erkor.

4. Und ist der letzte Tag zerronnen, mein Sterbetag, von Gott gewollt, dann ist der Webstuhl abgesponnen und alles glänzt wie lauter Gold.
   Dann sing ich mit den Engelchören nach letzter durchgekämpfter Nacht
   dem großen Meister dort zu Ehren: „Ja, du hast alles wohlgemacht!"

Verfasser unbekannt
Satz: A.Helmchen

7 Träume

In späterer Zeit will ich, der Herr, alle Menschen mit meinem Geist erfüllen. Eure Söhne und Töchter werden aus göttlicher Eingebung reden, die alten Männer werden bedeutungsvolle Träume haben und die jungen Männer Visionen. (Joel 3, 1)

„**Träume sind schäume**" – sagt der Volksmund.

Die Psychologen bezeichnen sie als **„Sprache der Seele"** und die Realisten sagen dazu: **„Der Tag wiederholt sich in der Nacht."**

Laut Bibel sind Träume die **Sprache Gottes**. Sie haben mit Joseph im AT und mit Paulus im NT nicht aufgehört.
Man versuchte, die Träume als eine Symbolik darzustellen.
Das ist aber nicht möglich, weil jeder Mensch ein **Individuum** ist und persönlich träumt.
Die Deutung und Bedeutung der Träume wird oft durch Unkenntnis und Okkultismus erklärt – man ahmt den Teufel nach, weil sich viele Menschen von ihm irreführen lassen.

Gott sorgte dafür, dass ich einer phantastischen **Seelsorgerin** begegnete, dich mich zwei Jahre, alle drei Wochen regemäßig in „Kur" nahm. Ich nutzte die gebotene Chance und scheute den 100km langen Weg nicht. Diese investierte Zeit war mir von Anfang an sehr viel wert. Sogar das Geld für den Sprit bekam ich von ihr!

Ihrer Fähigkeit habe ich es zu verdanken, dass sei aus meiner Vergangenheit bestimmte Eindrücke bekam. Dementsprechend träumte ich. So gelang es uns gemeinsam, die verborgenen und verschütteten Dinge aus meinem Leben zu entschlüsseln. Das bewirkte, dass ich endlich äußerlich **frei** und innerlich **geheilt** wurde.

Leider stellte ich noch immer fest, dass mir eine ganz bestimmte Sache im Traum erschien – und sie gefiel mir. Dieses Träumen kam mir wie ein Paradoxon vor. Der Traum läuft ab, man kann ihn, - gleich auf welche Weise, - weder beeinflussen, abbrechen, steuern oder manipulieren.
Ich konnte beobachten, dass die Amerikaner, ganz besonders die Frauen, viel bessere, tiefere und umfassendere Erkenntnis aus der Bibel haben als die Europäer. Ihnen gelingt es, unsere Emotionen, Intuition und Kreativität zu berühren.

Deshalb sehe ich im Fernsehen gerne die amerikanischen Gottesdienste und Predigten an. Sie sprudeln vor Lebendigkeit und sind erfüllt mit praktischen Ratschlägen, die man ohne weiteres im Alltag anwenden kann.

Ihre Bücher sind genauso aktuell und lebensnah. Als ich einige Anweisungen befolgte, stellte ich fest, dass ich zwei Tage danach wieder den gleichen Traum hatte, nur mit dem Unterschied, dass ich mich davor ekelte und wegrannte.

Seit diesem Zeitpunkt plagte mich dieser Traum nie mehr. Er ist für immer verschwunden. Dieses Verschwinden erinnert mich an das Glockenspiel. Solange es schlägt, ist es sehr laut – nachdem es verstummt, bleibt nur noch das Echo des Tones, der noch nachhallt.

Zum 45. Geburtstag

1. Heut' ist ein besondrer Tag, jupp-eidi
   Was er alles bringen mag?
   Die Barbara, die feiert heut'
   Ihren Geburtstag mit viel Leut'.

2. Barbara recht wohlgemut
   In Mittelschefflenz wohnen tut,
   sie bringt die Leute recht in Schwung
   denn Mitte vierzig ist man noch „jung".

3. Die Barbara, die hat Humor,
   kramt mancherlei Ideen vor.
   Mit Scharfsinn, Spürsinn und viel Mut
   Ist sie für alle Streiche gut.

4. Im Alter etwas vorgerückt
   Sie noch einmal die Schulbank drückt.
   Das macht ihr so schnell keiner nach
   Gings manchmal auch mit Weh und Ach.

5. Die Barbara, ja die ist fit,
   bringt Schwester und die Kinder mit.
   Doch Staudernheim liegt hinterm Mond,
   mit Umwegen wird mach reich belohnt.

6. Wer lässt denn sinken gleich den Mut?
   Am Ende wird doch alles gut!
   Geduld, Geduld, ihr kommt noch recht,
   das Abendessen schmeckt nicht schlecht!

7. Was wünschen wir der Barbara?
   Ein gutes, frohes Lebensjahr,
   dazu noch manche schöne Stunde
   in unserer Freizeitrunde.

Schwester im Glauben H.B.

8 Der innere Mensch

Darum werden wir nicht müde, wenn auch unser äußerer Mensch verfällt, so wird doch der innere von Tag zu Tag erneuert
(2. Korinther 4,16)

Ich denke an eine Muschel, die aus einem Sandkorn, das ihr viel Schmerzen bereitet, eine kostbare Perle bildet. Sie kann sich nicht wehren oder den Fremdkörper heraus spucken, der ihr weiches Inneres verletzt. Sie muss weiterleben und macht das Beste daraus. Sie öffnet sich, atmet, isst, trinkt und reagiert. Sie muss damit ganz alleine fertig werden. Dabei weint sie und vergießt Tränen, die zur Perle werden, eventuell dauert das Jahre.

So kam ich mir auch vor. Als ältestes Kind der Familie trug ich einen Teil der Last und schon früh Verantwortung. Meine Mutter machte mich zu ihrer Freundin, lud ihren Kummer bei mir ab und nahm mich zu jeglicher Arbeit mit. Das war eine Überforderung, die mich natürlich geprägt hat. Nicht, dass das schon genug gewesen wäre, die Not wurde noch größer dadurch, dass ich schon im Mutterleib abgelehnt wurde. Da ich ein Junge hätte sein sollen, war es immer anstrengend, dem gerecht zu werden. Trotz des großen äußeren Druckes war mein Leben stabil, zuversichtlich, vertrauensvoll, und ich konnte mit vielen Menschen lange befreundet sein.

Als geknicktes Rohr zerbrach ich nicht darunter, sondern wurde zu einem begehrten Menschen und war offen für Vieles und Neues, – trotz der Minderwertigkeitskomplexe.

In der Schule war ich gut, besonders in Naturwissenschaften und Fremdsprachen, und so konnte ich sogar meinen Klassenkameraden Nachhilfeunterricht geben – damals eine Schande für die Buben.

Später, als ich den Druck von außen nicht mehr aushalten konnte, hatte ich genug vom Lernen und wollte nicht mehr.

So kam ich als Gastarbeiterin nach Deutschland. Ich war fasziniert von der Demokratie und Freiheit hier.

Da meine Kollegin einen Freund hatte, fand ich auch einen. So konnte ich – was ich eigentlich wollte – durch Europa reisen und die Welt sehen.

Erst kam die Trennung, dann die Scheidung. Es war, als zöge man mir den Boden unter den Füßen weg. Ich hatte kein Ziel mehr und sah keinen Sinn, so weiter zu leben.

Durch meine Kollegin und später auch Freundin, fand ich zum Glauben. Es war wie ein Loch in mir, das gefüllt werden musste. Ich las die Bibel, aber auch viele christliche Bücher von Wissenschaftlern, die an Gott glaubten. Das half mir, meine Unsicherheit, Zweifel und meine Skepsis zu überwinden.

Ich war atheistisch erzogen, realistisch geprägt, von Logik durchdrungen und kämpfte mich durch den Verstand und die Emotionen. Aber ich hatte meine Freundin zur Seite, ging regelmäßig in den Jugendkreis und in die Bibelstunde.

Beim Lesen der Bücher von Doktoren dachte ich, wenn Menschen mit einem Doktortitel an Gott glauben können, dann kann ich das zweimal.

Von Anfang an dachte ich, das kann doch nicht alles sein, bei Gott muss es doch noch mehr geben. Ich gab mich damit nicht zufrieden, sondern machte mich auf die Suche, und mein Vater im Himmel stellte mir Menschen zur Seite, die mich eine gewisse Strecke begleiteten, das wiederholte sich in etwa alle 7 Jahre. Neben Gott brauchen wir auch Menschen, die uns zur Seite stehen.

Später trat dann eine Art Stagnation bei mir auf, ich wurde unzufrieden, bitter, traurig und anfänglich sogar depressiv. Ich bin tausende von Kilometern gefahren, um die Fülle und Qualität zu suchen. Sonst hätte ich wohl zum nächstliegenden gegriffen: Alkohol!
Das wäre zugänglich gewesen, nicht so teuer, heimlich, und es hätte niemand gewusst!

Ich habe meine Vergangenheit aufgearbeitet, innere Heilung und äußere Befreiung erlebt und bekam wieder Rückgrat, Stabilität, Sicherheit, und Gewissheit.

Sicher, ich war von vielen Christen und Gemeinschaften enttäuscht, aber dies ist kein Grund, alles hin zu schmeißen, sondern dennoch weiter zu machen.

„Fürchte dich nicht, denn ich habe dich erlöst:
Ich habe dich bei deinem Namen gerufen;
du bist mein.

In meinen Augen bist du unvergleichlich **wertvoll***,*
und ich habe dich lieb."

Jesaja 43, 1;4

Das sagt nicht irgendjemand,
sondern Gott, unser Vater im Himmel.
Welch eine Aussage!
Was für ein Versprechen!
Der lebendige Gott, der Schöpfer
des Himmels und der Erde,
kennt uns und hat uns lieb.

Du darfst wissen, du bist einmalig,
unverwechselbares Original.

Du darfst wissen,
es ist gut so, wie du bist
mit deiner Begabung
und deinen Begrenzungen.

Du darfst wissen,
für alle Schuld und alles Versagen
gibt es Versöhnung.

Du darfst wissen,
deine Zukunft liegt in guten, starken Händen.

Du darfst wissen,
ein Gespräch mit Gott gibt neue Kräfte und Perspektiven.

Du darfst wissen,
Gott ist da; näher als die Luft, die dich umgibt.
In Jesus ist er erfahrbar
Und schenkt dir seine Zuwendung.

Text nach J. Abrell

9 Sadismus

Der Herr sah, dass die Menschen voller Bosheit waren. Jede Stunde, jeden Tag ihres Lebens hatten sie nur eines im Sinn: Böses planen, Böses tun. (1. Mose 6,5)

Denn aus dem Inneren, aus dem Herzen der Menschen, kommen die bösen Gedanken. (Markus 7, 21)

Entdeckung sadistischer Züge im Charakter

Geboren bin ich nach dem 2. Weltkrieg in Kroatien / Ex-Jugoslawien und aufgewachsen mit 3 jüngeren Geschwistern – 2 Brüdern und einer Schwester. Auch wenn wir sehr arm waren, gehungert haben wir nicht.

Als ältestes Kind wurde ich sehr streng erzogen und musste einen Teil der Familienlast tragen. Oft wurde ich zu mancher Arbeit von der Mutter herangezogen. So half ich bei vielen arbeiten auf den Äckern, Gärten, im Haushalt oder im Wald fremder Leute. Und dennoch gab es genug Zeit zum Spielen.
Die Sommerferien waren bei uns viel länger als hier in der BRD. So hatten wir sehr viel Zeit – auch zur Langeweile.

In den 50er und 60er Jahren war das <u>Kino</u> für uns ein ganz besonderes Vergnügen. Aus den USA kamen die Westernfilme mit den <u>Helden</u>, die wir versuchten nachzuahmen. So konnten wir in dieser <u>Phantasie</u> für eine kurze Zeit der Härte der Realität entfliehen.

Mir machte es großen Spaß, Cowboy zu spielen, indem ich mit einem selbst gebastelten <u>Lasso</u> am Gartenzaun <u>Fangen</u> übte. Mit der Zeit reizte es mich, etwas Bewegliches zu fangen – die Schweine in unserem Hof. Als es mir gelang, den armen Ferkeln die Schlinge zuerst über den Kopf zu werfen, die dann zum Bauch verrutschte, quietschten und schrien sie um ihr Leben.
Wie sollten sie den „Spaß" der Kinder verstehen?
Auf mein Gelingen war ich natürlich sehr stolz. Woher sollte ein Kind wissen, dass die Schweine empfindlich und sehr sensibel sind?

Meiner Mutter entging das Treiben im Hof nicht. Sie fragte, was los sei. „Nichts, ich spiele nur", gab ich zu Antwort.

Das Gequietsche hörte aber nicht auf, bis sie sich heranschlich und sich von meinem „Spiel" überzeugte. Ihr Blick ist mir noch heute in Erinnerung – ein Blick der Wut und Erleichterung gleichzeitig. Ja, sie war verwirrt und wusste nicht, soll sie mit mir schimpfen oder lachen.

Schließlich lachte sie herzlich.

Später begann ich, nicht nur Schweine, sondern auch die anderen Kinder im Ort zu fangen. Weil diese sich aus Angst <u>vor mir</u> bei ihren Müttern beklagten, musste ich auch von diesem **Abenteuer** Abschied nehmen.
War es die Angst oder nur die <u>Schadenfreude</u>, von der ich damals nichts wusste?

Als ich ca. 50 Jahre später als Gastarbeiterin nach Deutschland kam, fand für mich eine entscheidende Wende statt; ich fand zu **Jesus** und wuchs im **Glauben**.
Durch viel **Seelsorge**, die ich in Anspruch nahm, spürte ich die Wirkung des **Heiligen Geistes**, der viele verborgene Dinge aus dem Herzen ans Licht brachte. Daher nenne ich **Ihn** meinen **Spion**.

Ich besuchte regelmäßig Gottesdienste, Bibelstunden – und Seminare, ging zu Freizeiten und Studienfahrten… Mit einem Wort – ich war hungrig nach Wahrheit. **Er** begleitete mich überall hin. Ich spürte, wie **Er** zusehend an mir **wirkte**.

Am Anfang fiel es mir nicht immer leicht, die gut gemeinten Ratschläge der Verantwortlichen und erfahrenen Glaubensgeschwister zu befolgen. Ich wollte aber im Glauben weiter wachsen und schneller vorwärts kommen. Daher war es sehr wichtig, sich im Gebetskreis eine Gebetspartnerin zu suchen. Man konnte sich näher kennenlernen, mit- und füreinander beten, zusammen kämpfen, sich gegenseitig ermutigen und unterstützen.
So eine treue Begleiterin habe ich schon seit über 30 Jahren. Diese Beziehung ist für mich von unschätzbarem Wert.

Nun kam auch der ersehnte Ruhestand und damit hatte ich auch mehr Zeit zur Verfügung – auch zum Fernsehen. Dabei wähle ich überwiegend lehrreiche Sendungen. Es sind diverse Dokumentationen über die Natur allgemein, über verschiedene Völker, ihre Geschichten, zahlreiche Tierfilme, wie Safaris, etc. Ganz besonders freue ich mich, den <u>Überlebenskampf</u> der Tiere in den Steppen und Savannen zu beobachten. Ein Kreislauf – fressen und gefressen werden.

Der Frauenfußball fasziniert mich in besonderer Weise – eine wahre Augenweide, ähnlich wie das Boxen der sympathischen, gebildeten und äußerst bescheidenen Brüder Klitschko. Da bin ich voll dabei, auch im Gebet. Sie kämpfen fair, ohne, wie es die Amerikaner tun, zu <u>provozieren</u>. Davor habe ich große Achtung.
Wenn die Kämpfer Christen sind, und dazu öffentlich stehen, spüre ich den inneren Konflikt und bekomme Gewissensbisse:
Entweder feuere ich den Amerikaner an, den Bruder in Christus, oder den überaus sympathischen Klitschko. Aber das Herz betrügt nicht. Nun, der Kampf ist entschieden und damit meine große Freude über den Sieger Klitschko.

Danach tat ich Buße und betete um Vergebung. Damit verschwand bei <u>mir</u> der nötige Kick und die Schadenfreude – die wichtige Begleiter beim Zuschauen von Boxkämpfen sind.

<u>40-jähriger Deutschland-Aufenthalt</u>

Es ist schon 40 Jahre bekannt
Das sie ist im deutschen Land,
    ganz oben im Lipperland
    wo man die Sprache spricht charmant.

Bis sie sah den schönen Neckarstrand
Hielt sie nicht mehr aus im kalten Norddeutschland.
    In dem warmen Baden,
    kam sie freundlich geladen.

Da gab es sehr liebe Leute
auch die Arbeit machte Freude.
    Doch der Mann an ihrer Seite
    erwies sich als große Pleite.

Kurz danach im November war die Evangelisation
und sie wusste nicht viel davon.

    Nämlich, dass es gab einen guten Mann
    der sie liebt und erretten kann.

Das hat sie gleich begriffen,
der für sie am Kreuz gelitten.
    So fing ein ganz neues Leben an,
    bei dem bis heute sie ist noch dran.

Mit dem Heiland in der Welt
ist das Beste was noch zählt.
    Egal, ob Norden, Süden, Osten oder West
    JESUS hält sie immer fest.

So ist sie mit IHM immer unterwegs
Froh und bereute keineswegs.

Meine beste Freundin G.S.

10 DO IT YOURSELF – MACHE ES SELBST

Von Natur aus bin ich Theoretikerin, aber zum Handwerklichen kam ich, weil mich meine Mutter als ältestes Kind immer zu verschiedenen Arbeiten mitnahm. Das war im Wald, auf dem Acker, im Garten, in anderen Haushalten und beim Bau unseres Hauses. So bekam ich auch irgendwie die Liebe dazu, und ich tat es gerne.

Als ich später nach Deutschland kam, gab es viel mehr Möglichkeiten selbst etwas zu machen, weil es viel mehr Werkzeug zu kaufen gab, das auch nicht so teuer war.
Auch in der Ehe haben wir alles selbst gemacht, die Wohnung eingerichtet, gestrichen und tapeziert.

Nach der Trennung und Scheidung blieb ich allein und war somit gezwungen, alles selbst zu machen, natürlich einfache Sachen.

Von Montag bis Freitag arbeitete ich in einer Kleiderfabrik, die Wochenenden waren aber fast immer frei. Meine Arbeitskollegin lud mich zu einer Evangelisation ein, und ich ging mit. Danach vereinbarte ich einen Termin mit dem Verkündiger, er hörte mir zu, betete mit mir, und das alles beinahe zwischen Tür und Angel, denn es dauerte nicht länger als 15 Minuten. Ich heulte wie ein Schlosshund und wusste nicht einmal mehr wie ich nach Hause kam – ich dachte, ich fliege! Die Freude (Lk.15,10) war so überwältigend, und ich verstand nicht einmal wieso!

Dann wurde die Arbeitskollegin zur Freundin, wir gingen zusammen zum Gottes-dienst, zu Veranstaltungen, in den christlichen Jugendkreis und im Sommer, an Ostern und an Feiertagen zu Freizeiten.

Wir machten fast alles zusammen, und langsam wurde es dann für mich zu viel und zu eng. Meine Freundin verstand das nicht, und sie litt sehr darunter. So blieb ich alleine, hatte viel mehr Zeit und grübelte mehr. Das hätte in eine Depression führen können, so ergriff ich Gegenmaßnahmen. Ich machte mir die Arbeit zur Therapie gegen die Einsam- und Sinnlosigkeit, z.B. knüpfte ich einen Teppich, lernte dabei Lieder- und Bibelverse auswendig.

Ich war noch jung und konnte alles gut behalten. So sammelte ich einen Schatz in meinem Herzen und in meinem Gedächtnis, und das

wurde zu einer Quelle, die nie versiegt (Jh. 4,14).
Nebenbei half ich meinen Nachbarn, Freunden und Glaubensgeschwistern mit praktischen Arbeiten in ihren Wohnungen und Häusern.
Auch später, als ich arbeitslos wurde, half ich in Freizeitheimen bei Tagungen, selbst in Spanien, und kreuz und quer in der BRD.

So setzte ich meine Zeit sinnvoll ein und erntete Freude und Genugtuung. Ich kam mir dadurch etwas wertvoller vor, als ohne diese Tätigkeiten. Durch den Glauben hatte ich schon ein gesundes Selbstbewusstsein, aber die Zeit sollte auch sinnvoll verbracht sein.

Aber wir Alleinstehenden brauchen einfach mehr – die Fülle! Alle anderen waren verheiratet, hatten Familie, Ablenkung, und Gemeinschaft und ich nichts!
Wenn man weggeht, ist man allein, wenn man nach Hause kommt, ist man allein, – kein Austausch,... **NICHTS**! Einen Fernseher hatte ich nicht, nur einen Radio- und Kassettenrecorder.

Ich setzte mich ins Auto und besuchte viele Veranstaltungen in ganz Deutschland, Österreich und der Schweiz. Dabei besuchte ich viele Seminare – Seelsorge, Fürbitte, Gebet, Prophetie, Heilung; und ließ mich segnen. Ich verbrauchte meine ganze Freizeit und mein ganzes Geld für die „Ausbildung", und dabei fand ich die Fülle und noch etwas Besseres: Identität, nach Gottes Bild geschaffen zu sein, Selbstbewusstsein, Autorität, Berufung und Bestimmung. Nun wusste ich, welche Gaben und Fähigkeiten ich hatte. Ich las viele neue Bücher, die mich in Erkenntnis und im Glauben weiter brachten.

11 Die Gaben Gottes

Lob und Dank sei Gott, dem Vater unseres Herrn Jesus Christus! Er hat uns mit seinem Geist reich beschenkt, und durch Christus haben wir Zugang zu Gottes himmlischer Welt erhalten. (Epheser 1,3)

Schon als Kind hatte ich mir angewöhnt, einige Sachen mit der linken Hand zu machen und dachte dabei: „Sollte meine rechte Hand einmal ausfallen, kann ich immer noch meine linke benutzen."
Vielleicht fiel es mir auch leichter, das einzuüben, da mein Vater Linkshänder war?
40 Jahre später konnte ich das beim handwerklichen Wirken gut gebrauchen, als Ausgleich und Erholung für die rechte Hand.

Als ich zum Glauben kam, erwachte diese Fähigkeit, „voraus zu sehen", und es wurde mir bewusst, dass das nur Gott geben kann, wie auch sonst alles.

Meine Freundin und ich gingen von der Arbeit nach Hause. Auf dem Weg lobte sie ihre guten Tomaten, die sie bekam. Ich sagte darauf, ohne zu überlegen, „wir haben noch viel bessere zu Hause." Aber wir wussten beide, dass das nicht stimmte. Meine Freundin rügte mich, dass das gelogen wäre.
Als wir an unserer Haustür ankamen, hing an der Klinke eine Tüte voller großer Tomaten. Wir konnten es natürlich nicht wissen.
Aber, ob dieser Tatsache triumphierte ich: „Und, was sagst du jetzt?" Beide waren wir sprachlos.

Einige Jahre später tauschten wir in unserem Fürbitterkreis Informationen aus, um dann entsprechend dafür zu beten.
U.a. ging es auch darum, dass man nicht wusste, wer Präsident in Israel sein sollte. Ich antwortete einfach: „Netanjahu", und tatsächlich – einige Monate später wurde er es auch.

Etliche Jahre später brach ich mir den Ellenbogen und musste einige Male operiert werden. Das letzte Mal, war ich zum Fäden ziehen beim Oberarzt. Es tat viel weniger weh, weil er es mit Pflaster zusammen hielt. Ich bemerkte das und sagte zu ihm: „Sie haben beste Voraussetzungen, um Chefarzt zu werden".
Er antwortete, dass er dafür schon zu alt sei. 3 Monate später starb dann der bisherige Chefarzt ganz plötzlich, und mein Oberarzt bekam

diese Position. Ich weiß nicht, ob er noch an unser Gespräch gedacht hat, aber für mich war es eine Genugtuung.

An der Schule in unserem Ort wurde ein neuer Trakt angebaut, und die Senioren-gruppe (zu der ich gehöre), wurde eingeladen, diesen zu besichtigen. Wir kamen in den Werkraum, wo einige Jugendliche an einem Roboter bastelten. Ich sagte zu ihrem Lehrer: „Ach, das sind die zukünftigen Nobelpreisträger!" Der Lehrer antwortete: „Jungs, habt ihr das gehört?" Dann gingen wir wieder. Etwa 3 Wochen später las ich in der Zeitung, dass diese Gruppe Schüler den 1.Preis im Rhein-Neckar-Odenwald gewonnen hat. Es war – noch – kein Nobelpreis, aber immerhin.

Schon immer war ich hungrig nach Wissen und ging landauf und landab zu vielen Seminaren, besonders Seelsorge, Gebet und Fürbitte. Wir wurden in Gruppen aufgeteilt und kannten uns auch nicht. Wir wurden aufgefordert für die anderen zu beten, Bilder und Eindrücke zu haben. Ich hatte immer welche! Auch ist es gut, wenn man die Leute gar nicht kennt, für die man betet, dann ist man wirklich auf die Gabe Gottes, das Reden des Heiligen Geistes, angewiesen; und das trifft immer mitten ins Schwarze.

Da ich im Natürlichen die Gabe der Lehre habe, konnte ich das gut im Geistlichen anwenden. In den Naturwissenschaften ist es immer so, dass man alles auch praktisch anwenden soll, dass es nicht nur bei der Theorie bleibt. In der Praxis versteht man alles besser. Das ist ja auch der Sinn der Sache. Unser Herr Jesus hat auch „Gesetze" gegeben und gesagt: „Tut das Gleiche:"

Doch in vielen deutschen Verkündigungen fehlt die praktische Hinführung, das Gehörte auch umzusetzen. Die Amerikaner und die Afrikaner praktizieren das hingegen vortrefflich. Man kann es ausprobieren und es funktioniert. Darum lese ich viele ihrer Bücher und schaue ihre Gottesdienste im Fernsehen.

Oft ist es so, dass ich ein Lied vorschlage oder im Gebet etwas erwähne, ohne zu wissen, dass es dann später in der Predigt zur Sprache kommt. Das Sichtbare und Unsichtbare haben beide beinahe die gleichen Gesetze, darum ist es mit dem Glaubensleben wie in der Schule.

G̲e̲d̲a̲n̲k̲e̲n̲ ̲z̲u̲m̲ ̲5̲0̲.̲ ̲G̲e̲b̲u̲r̲t̲s̲t̲a̲g̲

Ein neues Jahr – ein leeres Blatt –
wie wird es wohl beschrieben?
Schon 50 Blätter gab's bis heut,
was ist davon geblieben?
Wir kennen Dich erst 14 Jahr'.
In Olfen ist's geschehen.
Da sah'n wir Dich und gleich war's klar:
So lacht und strahlt nur Barbara!!!

Olfen war für Barbara viel Freud und Lachen das ist wahr.
Mit ihrem Temperament so dann,
steckte sie uns alle an.
Bei Bibelarbeiten – auch das war klar,
Barbara war immer da.
Die Zwischenrufe von ihr keck
erfüllten einen guten Zweck.
Es ging um Jesus – ihr Herz das brannte,
wobei wir manches noch nicht erkannten.

Freizeiten, Bibelwochenenden, Seminare, das ist Dein Leben,
Du willst empfangen, um weiterzugeben.
Du hast uns immer angespornt:
„Ihr kämpft mit Jesus an der Front.
Er allein gibt euch die Kraft,
dass ihr das Leben richtig schafft."

Brauchst Du mal ein Taxi schnell,
Barbara ist gleich zur Stell.
Autofahren macht Dir sehr viel Freud.
Das wissen die großen und die kleinen Leut.
Wenn dann die Lobpreislieder erschallen im Chor,
dann legt Barbara spielend 140 vor.
Gott sei Dank, dass Du nicht allein im Auto sitzt.
Dein Schutzengel fährt mit, der Dich beschützt.
Barbara Du reist sehr gern,
am liebsten ganz weit in die Fern.
Mexiko Dein Traumland ist,
wo Du den Alltag schnell vergisst.

Deshalb lernst Du auch Sprachen so gern,
denn Du missionierst auch dort, verkündest Deinen Herrn.
Zu serbo-kroatisch, deutsch , spanisch ………. .
kommt noch griechisch dazu.
Du willst die Bibel im Urtext studieren, vorher gibst Du keine Ruh!!!!!

Kochen, backen, das ist wahr,
das tust Du nicht gern, Barbara.
Die Arbeiten verteilst Du gekonnt auf Deine Gäst',
wir sehen es bei diesem schönen Fest.
Wem Wurst besser schmeckt als Kuchen,
Warum sollte der auch das Backen versuchen?!
Lieber machst Du Holz im Wald,
streichst Wände, tapezierst – auch wenn es kalt.
Du stehst dazu! Von Gottes guten Gaben
müssen wir nicht <u>alle haben</u>!

Rufst Du mal bei Barbara an,
geht keiner an die Strippe ran.
Ihr Terminkalender ist stets voll.
Sie weiß nicht, wie sie alles unterbringen soll.
Das erste Gebetstreffen findet schon um 7:30 statt.
Den nächsten Termin sie um 9:00 zum Lobpreisfrühstück hat.
Am Nachmittag sind noch einige Treffen geplant
bevor schon in Eile die 20:00 Bibelstunde naht.
Meist bringst Du dann noch viel Schwung mit und Elan
und spornst die anderen auch noch an.

Ja; Barbara, die Kraft kommt von oben.
Deshalb wollen wir IHM danken, IHN loben,
unseren gemeinsamen Heiland Jesus Christ,
der unser aller Erlöser ist.
Wir freuen uns ganz toll mit Dir
und deshalb sind wir zum Gratulieren hier.

Ein neues Jahr – ein leeres Blatt,
wie wird es wohl beschrieben?
Was ist des Lebens beste Tat?
Sie ist nur: lieben, lieben, lieben.

Der Herr geht Dir den Weg voran.
Er ist ja selbst die Liebe.
Lass füllen Dir Dein Herz von ihm
mit seines Geistes Triebe.

Ein weißes Blatt – das neue Jahr
und viele Möglichkeiten.
Im Frieden Gottes geh den Weg
durch diese schweren Zeiten.

Ja, dieser Friede leite Dich
bei allen Deinen Taten.
Blick auf den Herrn und auf sein Kreuz
so bist Du wohl beraten.

Und ist das Blatt beschrieben dann,
wenn einst das Jahr zu Ende,
so leg's voll Demut und voll Dank
in die durchgrabnen Hände.

In herzlicher Verbundenheit beten für Dich
Deine Glaubensschwestern

Gebetspartnerinnen und Freundinnen E.W. und M.P.

12 Weltenbummler

Aber auch das sage ich euch: Wenn zwei von euch hier auf der Erde meinen Vater im Himmel um etwas bitten wollen und darin übereinstimmen, dann wird er es ihnen geben. (Matthäus 18,19)

Schon als Kind, im Alter von 10-12 Jahren, zeigte sich bei mir Interesse an fremden Kulturen und Sprachen. Ich bekam auch Gelegenheit, das Wenige, das ich in der Grundschule gelernt hatte, anzuwenden. Am Radio sitzend, wie alle Teenager, versuchte ich die Texte der Lieder mit zu schreiben und sie zu lernen, ob englisch, deutsch oder italienisch, wie z.B. den Text des Liedes „Mama", gesungen von Connie Francis, später von Elvis Presley. Meistens ist es so, dass wenn eine Mutter Kinder wie Orgelpfeifen hintereinander bekommen hat, die größeren wegen der kleineren auf der Strecke bleiben.
Bei mir war das ein Schrei der Seele nach der Mutter. Auch in mexikanischen Filmen litt das Volk an Unterdrückung durch Franzosen, Spanier, etc. Es ging mir zu Herzen, und ich litt mit.

Neben der Liebe zu den Naturwissenschaften hatte ich auch eine Liebe zu Fremdsprachen. Das sind die Gaben, mit denen mich mein Vater im Himmel ausgestattet hat. Später, als es bei uns viel mehr Ausländer gab, die lernen wollten, kam ich auf meine Kosten. In der BRD dann sowieso. Ich arbeitete, verdiente eigenes Geld, genoss die totale Freiheit und reiste durch Europa. Ich wollte die Welt sehen, andere Menschen und ihre Kultur kennen lernen. Da ich selber mobil sein wollte, machte ich den Führerschein und war unabhängig. So konnte ich viel freie Zeit auf den 4 Rädern verbringen. Durch den Glauben nahm ich an vielen Freizeiten, Seminaren und Studienfahrten teil. So konnte ich meine Zeit sinnvoll in Gemeinschaft von Christen verbringen.

Da ich schon immer eine Vorliebe für die spanische Sprache hatte, lernte ich sie an der VHS in Kursen und nahm an Freizeiten teil. Auch sah ich viele Filme aus Mexiko, was mir sehr gefiel. In Spanien lernte ich eine andere Freundin kennen, mit der ich dann nach Peru reiste, wo sie in einem Kindergarten arbeitete. So hatte ich einen persönlichen Reiseführer und Dolmetscher. Wir kamen zu den Einheimischen, und ich sah mehr von Land und Leuten als in einer Reisegruppe. Wir waren in verschiedenen Regionen des Landes, den Anden, der Hochebene, im Urwald und an der Küste. Wir besuchten Missionare und bekamen ein besseres Bild von dem ganzen Leben auf dem südamerikanischen Kontinent. Der Kontakt mit den Menschen blieb auch später noch per Brief erhalten.

Nicht lange danach lernte ich eine Missionarin, die in Mexiko arbeitete, kennen.
Mit ihr, meiner besten Freundin und noch zwei anderen Frauen machten wir uns auf die Reise. Die Missionarin war unsere Managerin, meine beste Freundin spielte Gitarre, eine der Frauen kochte, eine andere verwaltete die Kasse, und ich fuhr den VW Bus. Das war eine lustige und frohe Gemeinschaft. Den einheimischen Kindern brachten wir christliche Lieder bei, und den Erwachsenen gaben wir Kassetten mit der frohen Botschaft. Das war ein wirkliches Highlight in unser aller Leben. Ich flog insgesamt 21 Mal zu den Yucatan Ruinen des Landes.

Einige Zeit später bat mich eine Teilnehmerin des Hauskreises sie zu einer Israelreise zu begleiten, sie zahlte alles für mich: es waren einige tausend D-Mark. Ich wollte nicht unbedingt, aber da sie alles bezahlte und ich gerade arbeitslos war, nahm ich an.

Sie blieb am Toten Meer für einen Wellness Urlaub, und ich reiste durch das Land. Schwimmen im Toten Meer ohne untergehen zu können, war schon ein eigenartiges Erlebnis. Das Tote Meer ist so tot, dass es dort keine Lebewesen gibt, weder Tiere noch Pflanzen, nur viel Salz und 30 % Mineralien. Mit 400 m unter dem Meeresspiegel ist es der tiefste Punkt der Erde. Im Hotel wurden Veranstaltungen mit Gesang, Tanz und Spielen angeboten. Viele ließen sich hier kurieren, z.B. Hautkrankheiten, an der Sonne, in Schlammpackungen und Bädern.

Bevor ich in Rente kam, machte ich noch einmal eine Studienfahrt nach Südafrika mit, inkl. Safari. Es war teuer, aber ich konnte es bezahlen, weil ich arbeitete. Innerhalb des Landes flogen wir zu verschiedenen Städten, ansonsten reisten wir mit dem Bus.

Die restliche Zeit verbrachte ich auf christlichen Seminaren, Tagungen und Konferenzen in Österreich, der Schweiz und in Nord- und Süddeutschland.
Ich ließ mich in Seelsorge, Gebet, Fürbitte, Prophetie und Heilung ausbilden.
Auch ließ ich mir dienen und mich segnen für die vielen Aufgaben im

Reich Gottes.
In dem Moment habe ich davon nicht viel gemerkt, erst später dann, als mich die Menschen brauchten.

Insgesamt bin ich in 31 Ländern gewesen, und darüber freue ich mich. Ich will damit nicht angeben, aber wenn man alleinstehend ist und keine Familie hat, muss man raus, und man reist viel. Das bringt einen erweiterten Horizont, Toleranz, bereichert, macht reif, vielseitig und kreativ, weil man von allen etwas lernt, was man im Leben brauchen kann.

60 JAHRE

Heute ist ein großer Tag, da Barbara Geburtstagsfeier hat.

60 Jahre grau und weise für den Herrn schon lang auf Reisen.
Viele hat sie mitgenommen und sie sind heut auch gekommen.

Ja, wir freuen uns mit Dir,
alle sind wir gerne hier.

Über viele Jahre schon,
Schefflenz, Mosbach, Rittersbach und Olfen,
Langensteinbach, Nord-Alb, Rhön, Imst und
Viele andere Stationen,
hat der Herr Dich treu geführt
und Dich sichtbar angerührt!
Vieles konntest Du weitergeben,
in die Kreise, die heut hier und wir danken Dir dafür.

Für Deine Treue und Geduld,
für Kritik, die manchmal schmerzte,
da und dort, da müsst ihr hin,
dort gibt es Nahrung die gibt Sinn.

Und Du siehst es hatte Erfolg,
manchmal haben wir nicht gewollt,
doch Deine Überzeugungskraft
hat es letztlich doch geschafft.

Wir kamen mit den Jahren weiter,
stiegen mit auf Gottes Leiter,
sein Wort trägt uns macht uns frei,
macht uns froh und auch beständig,
deshalb sind wir so lebendig.

Dieses hast Du vorgelebt,
immer wieder in Geduld
und jetzt ist die Sache rund.

Wir hier haben es kapiert,
stellvertretend danken wir,
unser Hauskreis Langenthal
wäre ohne Dich ganz arm.
Du bist das Salz in unserer Suppe …………

Frei, durch Jesus, durch sein Wort,
fahre weiterhin so fort,
uns zu lehren das tut gut
und wir laden Dich herzlich ein
das nächste Mal wieder bei uns zu sein!

Dein Langenthaler *Hauskreis „Hoffnung"*

ZUM 60. GEBURTSTAG

Kaum zu glauben, aber wahr
unsere Barbara wurde 60 Jahr.
Weil sie dieses Fest feiert durch Gottes Gnaden
sind wir heute alle eingeladen.
Im Rentnerstand sie nun bereit
dennoch durchs ganze Land
von Gebetskreis zu Gebetskreis eilt
und auch ein wenig verweilt.
Auch zum Schefflenzern angefahren
bei DFMGB kommt seit vielen Jahren.
Wo wir dann gemeinsam vor Gottes Thron
die Nöte der Welt und Mission.

Wenn unsere Bitten in den Willen Gottes einfloss
unser Vater im Himmel schon längst beschloss.
Nur den Betern kann es wohl gelingen
den Herren von seinem Gericht abzubringen.
Darum sind wir aus Schefflenz angereist
mit Dir zu preisen, Gott, Jesus durch den Heiligen Geist.

Liebe Barbara, wünschen für das neue Lebensjahr
Jesu Beistand, Bewahrung und sein Segen immerdar.

Schwester im Glauben I.L.

13 Die Armee

Die Armee besteht aus vielen Graden,
und die meisten sind zu haben.
Man muss erst die Schule besuchen,
dann kann man von unten nach oben buchen.

Die erste Stufe ist <u>Rekrut</u>,
und das ist nützlich und gut.
Vor ihm steht noch eine ganze Menge, allerlei zu lernen.
Vor allen Dingen ist es sehr ratsam, zu üben den Gehorsam.

Der Arme wird getrieben und gejagt, dass er ja nicht versagt.
Trotz, dass er die Befehle erteilt bekommt, das Denken wird doch gefragt und belohnt.
Am Ende der Ausbildung wird geprüft,
ob er auch alles reichlich geübt.

Dann bekommt er ein Sternchen als <u>Gefreiter</u>,
und so geht er dann ermutigt weiter.
Das nächste wäre der <u>Kapitän</u>,
da gibt es mehr Aufgaben, mal seh'n.

Weiter, höher geht es zu den <u>Offizieren</u>,
da wartet einiges zu quittieren.
Dazwischen kommt auch der <u>Hauptmann</u>,
um zu wissen, was, wie, wo oder wann?

Das alles geschieht nicht im Nu,
man braucht schon einige Jahre dazu.
Die nächste Stufe wäre der <u>Major</u>,
das gehört zum höheren Chor.

Dieser Grad hat einige Sternchen mehr,
das den Soldaten freuet sehr.
Jetzt kann er auch die Befehle erteilen,
das macht er schnell, um nicht zu verweilen.

Auf dem Feld befiehlt nur Einer,
das ist der <u>Feldwebel</u>, sonst keiner.

Die Übung findet statt auf den Feldern,
im Ernstfall geht es in die Wälder.

Nach viel Schweiß und Stress,
geht es langsam aber doch aufwärts.
Die oberste Instanz für überall,
ist nur einer, der <u>General</u>.

Er macht nicht alles alleine,
er hat seine Helfer-Beine.
Zuerst der <u>Adjutant</u>, nicht wie ein Militant,
die Uniform bügeln, die Sternchen polieren,
die Briefe überbringen, keine Zeit verlieren.

Der <u>Stabsarzt</u> ist nur für die Kranken da,
aber nur im Ernst, das ist wahr.
Dem kann man nicht simulieren,
sonst würde man die Freiheit verlieren.

Im Lazarett bekommt man auch ein Bett,
nur nicht für so lange, der Arzt bringt ihn gleich auf die Beine.
Bei vielen Laternen spielt sich alles ab in der Kaserne.
Sie hat einen elektrischen Zaun,
dass man es bewahre wie einen Baum.

Wenn es hinaus geht in den Krieg,
der <u>Kundschafter</u>, der erkundet, wo der Feind liegt.
Dann ist der <u>Funker-Nachrichtendienst</u>,
dass alle wissen, wo man sie find't.

Es ist nicht zum Lachen, man braucht auch die Wache.
Sie steht da rundherum, – macht kein Auge zu.
Die <u>Patrouille</u> kriegt Befehle, sie darf auch nicht fehlen.
Sie kontrolliert, ob alles klappt, dass ja keiner versagt.

Die Platzpatronen haben keinen Wert,
sonst wäre man über beschert.
Die schweren Sachen, <u>Artillerie und Kanonen</u>,
bringen das ganze Ding zum Lohnen.

Alles hätte nichts genützt,
wenn der Trompeter sein Werkzeug nicht geputzt.
Sonst würde keiner in den Krieg ziehen,
sie bevorzugten, in der Kaserne zu liegen.

Draußen lauern viele Gefahren, ob Selbstschussanlage,
ob Minenfelder, liebe Soldaten, achtet drauf bälder.
Mit Helm und kugelsicherer Weste,
Gürtel, Stiefel und Gewehr sind das Beste.

Der General hat alles im Auge,
ob wirklich jeder an seinem Platz tauge.
Manchmal beschleunigt er die Aktion,
denn das gehört zum guten Ton.

Ab und zu muss er einige bremsen,
sonst gäbe es was zu sensen.
Der Feind lauert von allen Seiten,
aber der General hat alles vorbereitet.

Dabei schallt es von überall:
nur das Eine – Jawohl! – Herr General!

GOTTES Armee

Aber in Gottes Armee hat alles einen anderen Wert.
Da gelten andere Maßstäbe und Regeln,
so bekommt alles einen besonderen Pegel.

Hier zählt nicht die Leistung, sondern Hingabe und Achtung,
Vorsicht, Demut, Sanftmut und Liebe,
sonst wäre alles auf der Strecke geblieben.

Die Obersten holen sich erst Weisheit und Rat,
ausnahmslos von allen unteren in der Tat.

Unser General befiehlt ja gar nicht,
sondern fragt immer um Erlaubnis – wahrlich.

Bei manchen Sachen mitnichten,
muss er einiges sogar schlichten.

14 Wunder der Gebetserhörung

Gott ist denen fern, die von ihm nichts wissen wollen; aber er hört auf das Gebet derer, die ihn lieben. (Sprüche 15,29)

Da mein Auftrag und meine Berufung von Gott für mich Gebet und Fürbitte ist, kämpfe ich schon seit über 30 Jahre zusammen mit Glaubensgeschwistern in kleinen Gruppen für die Welt, für persönliche Dinge, Angehörige und weltweite Anliegen.
Ich bin zu Gebetstreffen in alle 4 Himmelsrichtungen gefahren, doch seit ich in Rente bin fahre ich nicht mehr so weit, sondern nur in meinem Umkreis.
Ich bin froh, mobil zu sein; dafür sorgen einige gute Freunde, auch dass ich im Winter eine warme Stube habe, und für vieles andere mehr.

Erst jetzt, da ich geistlich gewachsen und reifer geworden bin, kann ich über meinen eigenen Schatten springen. Im Gebetsseminar sind wir Teilnehmer zu Offizieren in Gottes Armee ernannt worden. Vorher war alles ein ziemlicher Kampf und Krampf, der Anforderung der Botschaft der Bergpredigt gerecht zu werden.
Z.B., wenn ich etwas von Weltmenschen brauche, die wenig mit den christlichen Werten zu tun haben, grüße ich sie freundlich und wende mich mit meiner Bitte an sie. Das löst jeglichen Ärger, Ernst und Spannung bei den Menschen, und ich bekomme oft noch mehr als ich brauche. Oder, ohne es zu wissen, ging ich mit frohem Gesicht auf eine Frau zu, und sie schenkte mir einen Parkbon.

Da unser Körper der Tempel des Heiligen Geistes ist, bete ich oft um Heilung der Glieder bei Schmerzen der Gelenke, Unwohlsein und Schwindel. Ich lege meine Hand auf die betreffende Stelle, stelle sie unter die Herrschaft Jesu Christi von Nazareth, und es geht gleich besser. Auch bete ich manchmal für einen Parkplatz, für schnelles Erledigen der anstehenden Sachen und Ähnliches.

Wenn im Gottesdienst der Korb für das Opfer herumgeht, dann werfe ich oft ohne Bedenken den ganzen Inhalt meines Portemonnaies hinein. Wenn ich dann nach Hause komme, liegt oft schon im Briefkasten das 4fache oder sogar das 10fache. Manchmal, wenn ich einen Besuch bei jemandem mache, drückt mir derjenige einen Schein in die Hand. So sorgt Gott dafür, dass ich „flüssig" bin und nicht ohne Bargeld. Für die

Juden wird auch extra gesammelt, ich beteilige mich auch daran, nicht nur, weil Segen darauf liegt, sondern weil das der Wille Gottes ist.

In der Kirche beteten wir in einer kleinen Gruppe, dass ein gläubiger Pfarrer in den Ort kommen möge, und 2-3 Jahre später kam er wirklich. Jetzt beten wir zusammen mit ihm um Erweckung in der Gemeinde und hoffen darauf, gemäß dem Wort Gottes, weil Er Sein Wort hält und das Sein Wille ist.

Als ich in einer Gruppe für Angehörige betete, hatte ich den Eindruck, dass da ein kurz angebundener Esel stand. Das war ich, weil ich durch das jahrelange werben, einladen und anbieten der Botschaft schon ganz frustriert war. Die Anderen drängten mich, Erbarmen und Geduld mit der Verwandtschaft zu haben.

Auch bete ich für Bewahrung und Schutz der Wohnung, weil ich Holzfeuer mache, um Schutz vor Wasserschäden oder anderem Unheil. Gott ist so treu, er tut viel mehr, über Bitten und Verstehen hinaus. Dafür bin ich sehr dankbar und sorge mich nicht.

Beim Autofahren sowieso, weil Er besser aufpassen kann als ich. Besonders jetzt im Alter, wo man weniger beweglich ist, um auf alles und auf alle Seiten aufzupassen. Auch die Reaktionen sind langsamer geworden.

Als meine Mutter noch in der Heimat lebte, besuchte ich sie mit meiner Freundin, allerdings unverhofft, dass sie nicht tagelang warten müsste. Wir wollten Anfang Dezember, kurz vor Wintereinbruch, fahren. Als wir unseren Bekannten erzählten, was wir vorhatten, fragten sie uns: „Habt ihr Schneeketten?" Wir antworteten: „Nein." „Aber wenigstens Winterreifen?", „Auch nicht." „Habt ihr den Verstand verloren, was habt ihr denn überhaupt?" „Wir haben NUR einen allmächtigen Gott!" Ich muss aber sagen, dass ich im Herzen ein Wort von Gott hatte – und zwar: „Ihr kommt trockenen Fußes hin und zurück." Und so war es auch. Meine Freundin ist wie ein Weltmeister gefahren. Sie heißt ja auch wie der Formel 1 Weltmeister.

Von den Gebeten, die wir für die Welt entrichten, wissen wir oft nicht, was daraus geworden ist, ob sie erhört wurden. Wir tun alles auf Gottes Geheiß, und er trägt die Verantwortung für Katastrophen, Erdbeben, Überschwemmungen, Kriege, verfolgte Christen, etc. Da alles mit Gebet anfängt, wie ein lateinisches Sprichwort sagt: „Ora et labora", kann sich alles zum Guten ändern, und das ist der Sinn der Sache, warum gebetet wird. Gott ist der Einzige, der zum Positiven helfen kann. Er hat die Kontrolle über das Globale, aber auch über jede Kleinigkeit. Er kümmert sich um alles, besonders um Seine Kinder, weil er Sein Versprechen hält. Das ist beruhigend, tröstlich, erholend und viel weniger anstrengend.

15 Rückblick

Mein Leben auf dieser Erde ist noch nicht zu Ende. Danach jedoch werde ich im Himmel weiter leben - und zwar ewig. Das bestätigt mir die Bibel und der Heilige Geist sowie mein Geist (Joh. 1,12).
Gewünscht habe ich mir, erst einmal 70 Jahre alt zu werden, was danach kommt, ist sowieso Gottes Wille und Plan.
Meinen 70sten Geburtstag möchte ich unbedingt mit meinen Geschwistern und Freunden feiern, und mich freuen, dass mein Leben total gelungen ist.

Ich bin nicht reich – materiell - klug oder perfekt, aber voller Erfahrungen, Erkenntnissen und verändert in das Bild des Vaters, der mich geschaffen hat. Jesus, der mich erlöst hat und der Heilige Geist, der mich leitet, lehrt, erinnert und tröstet.

Gott hat für jeden Menschen einen Plan, vor Grundlegung der Welt, der Segen und Gaben bereitgestellt hat. ER zwingt niemanden, man muss es wollen und auch annehmen. Selbst wenn ER uns besuchen möchte, klopft er an, wie ein richtiger Gentleman! Auch wenn er uns befreien und heilen möchte, braucht er unsere Erlaubnis.
Die meisten Christen, die ich landauf und -ab gesehen habe, schieben gerne die Verantwortung auf Gott, und so entschuldigen sie sich, wenn daraus nichts wird. Das heißt nicht, dass sie nicht viele Aktivitäten in Gemeinschaften machen, sich aber persönlich nicht verändern oder helfen lassen wollen, sei es durch Gebet oder Seelsorge. Eigentlich haben sie Angst und kein Urvertrauen zu Gott, das er aber jedem Menschen in die Wiege gelegt hat. Entweder haben sie es verloren, z.B. durch Enttäuschungen oder es ist von den negativen Dingen des Lebens zugeschüttet worden.

Sicher, dies wird ja auch in den konventionellen Kreisen nicht gelehrt, sei es in Kirchen, Gemeinschaften oder Missionswerken, außer eben in charismatischen Bewegungen.

Ich habe gesucht, gefunden und mir helfen lassen, sonst wäre ich heute nicht hier, wo ich bin. Dafür bin ich kreuz und quer durch die BRD, die Schweiz und Österreich gefahren. Die letzten 20 Jahre investierte ich alle freie Zeit und mein Geld in Seminare mit Gebet, Fürbitte und Seelsorge. So konnte auch ich vielen helfen.

Die meisten denken, die Flüche und Bindungen gehören in das Mittelalter. In der Bibel steht, sie gehen bis in das 3. und 4. Glied, aber die Sünde ist von Adam her geerbt, und wie viel Glieder sind das, 100, 1000?!

Übrigens, in jeder Familie ist mindestens einer, der von Gott nichts wissen will.

Und, weil der Fluss des Fluches nicht unterbrochen ist, geht er weiter (2. Mose 20,5) Da das alles heikle Sachen sind, wagen sich die Europäer kaum daran.

Die Afrikaner, Inder und Südamerikaner wachsen von Kindesbeinen an mit der geistlichen Welt auf; zuerst negativ. Wenn sie dann zum Glauben an Jesus Christus kommen, haben sie mehr Sicht und Erkenntnis. Sie wissen, wie man helfen und beraten kann.

Auch im südlichen Europa wie dem Balkan sind neben dem Kirchgang okkulte Praktiken wie Kartenlegen, aus dem Kaffeesatz lesen, Handlinien lesen und Horoskope durchaus üblich. Deswegen ist dort alles stehen geblieben, das ganze Leben, der Glaube und der Fortschritt. Die Christen bleiben in den Kinderschuhen, im Kindergarten und in der 1.Klasse. Es ist leichter, schöner, bequemer, so den Glauben zu praktizieren, als weiter zu gehen und die Verantwortung zu übernehmen, den schwachen Gliedern helfen, gegen Burn out, Depressionen, Bitterkeit und Flucht aus der Gemeinschaft zu kämpfen. Sie beklagen sich lieber über die Christen, die schlechter sind als die Ungläubigen.

Schließlich ist die Verkündigung so trocken, theoretisch, ohne praktische Beispiele, wo, wann und wie man das Gehörte anwenden kann. Ohne Praxis ist der Glaube tot oder höchstens auf sonntags und feierliche Stunden beschränkt, und nicht für den Alltag.

Der Herr Jesus hat immer ein Bild aus dem Leben gebraucht, um geistliche Dinge und das Reich Gottes zu erklären und zu verdeutlichen, wie bei den Natur-wissenschaften, die wie die Fremdsprachen auch meine Lieblingsfächer.

Ich lese immer noch viel, und mich faszinieren die Menschen, die sich dem Herrn restlos ausliefern, der sie mit Gaben und Erkenntnissen ausstattet und die das an den Leib Christi weitergeben, – manchmal sogar kostenlos!